히스테리시스

시와반시 기획시인선 017

히스테리시스

박태진 시집

시와반시

차 례

돌의 기억

　침묵하지만 무수한 진실을 기억하고 있다, 돌은
　풀꽃의 긴 그림자와 벌레들의 발자국, 아침 이슬
과 계절의 끝서리까지 그 흔적들을

　돌은 한 줌 모래가 될지라도 제 기억을 발설하지
않는다 차라리 자신을 버리고 만다 사람들의 처절
한 기억의 몸부림을 아는지 생의 그을음까지도 기
록하고 기억한다 그래서 탑이라 생각하고 돌 위에
돌 하나 얹는다

　돌의 청사죽백青史竹帛*은 바람도 비도 별빛도 달
빛도 새기며 수천 년 흐름을 고스란히 기억한다
　반도체의 저장장치 오늘의 돌 하나 내일의 기억
을 전수한다

* 역사상의 기록을 적은 책. 옛날에 종이가 없을 때 참대나 비
단 조각에 글이나 그림을 남겼던 데서 유래한다.

흰머리는 나고 죽고

달이 뜨고 노란 달맞이꽃이 피고
바람이 불고 물 위에 비가 오고
구름이 가고 오고 산이 푸르고
나무는 나이테를 만들고
별이 뜨고 날이 새고
못물이 줄고 새가 울고
벌레들은 늙어가고

꿈속에 기적과 마법이 있고
손톱이 자라고 주름이 늘고
다 보지 못하고 다 듣지 못하고
생각 없이 마음이 시리고
마음 없이 생각이 사라지고
흰머리는 나고 죽고
도대체 나는

빙하

수천 년 밤낮없이
얼고 또 얼어도
그 속은 얼음이 아니라 물이더라

결국 세월 속으로 흐르고 마는
천 개의 하늘 천 개의 강물이더라

마냥 그 푸름이
말 못 하는 냉가슴인 줄 알았더니
사랑에 굶주린 소나기처럼

단 한 번의 눈길에
그냥 퍽 쏟아지고 말더라

못내 울다가
순간에 미치고 마는 사랑이더라

달동네 펭귄

늘, 하얀 와이셔츠에
고급 비단결 까만 정장을 입고
까만 구두를 신은
멋진 신사로 보았다
푼타 톰보에서
직접 만나기 전까지는
풍요로운 바다에서
멋있게 사는 줄 알았다

마른 땅바닥에
콧구멍만 한 구멍 하나 파 놓고
집이라고
새끼하고 살고 있다
집안 구석구석을
아무리 살펴보아도
살림살이라고는
입고 있는 옷과 몸뚱이 뿐이다

사는 집도
바다와 멀어 달동네다
겨울이 오고 있는데
몸도 빈손
마음도 빈손
마냥 빈손이다

끝까지 산다는 거

내 유년 때 고목이었던 나무를
환갑 넘어 다시 만났다

속이 다 썩고 껍데기만 남아
죽을 줄 알았는데
아직 살아있다
가지 끝에는 푸른 잎이 있다

그것도 생명이라고
죽음의 그림자가
수백 년을 유혹했을 것이다
동굴같이 깊이
파고들었을 것이다

속은 다 파 먹히고
썩어 문드러져
가죽 같은 껍데기만 남았는데

아직도 빈 둥지 증후군이 살고 있다

죽은 나무토막 같은 발을
땅에 묻고
목숨만 붙들고 있다

물 멍

망망대해를 가르는 뱃전에서
시퍼런 멍이 터져
하얗게 흩어지는 피를 보았는가

아니다, 그것은
막막대해에서 너무나 외롭고 외로워
너를 만나 하얗게 피는 꽃이다

사실, 그 물 멍은
불어오는 바람에도 쉽게 멍들고 마는
그리움의 눈시울이다

아니다, 그것은
밤마다 달빛에 젖는 빈 바다의 몸부림이며
혼자 삭인 속울음이다

가만히, 가만히 들여다 보면

그 속은
피멍이 들어 시─퍼렇다

그렇게 쉽게

상처 입고 멍들고 말 사랑이라면
차라리, 차라리 하얗게 굳고 말어라
저 빙하처럼

백담사 삼층석탑

극락보전 앞마당에 멀뚱히 서있다. 누더기 하나 걸치고 탁발하러 온 스님 같기도 하고, 삭풍이 몰아치는 긴 세월 북간도와 연해주로 홀연히 만행萬行의 길에서 돌아온 만해 큰스님 같기도 한

성한데 하나 없는 꾀죄죄한 삼층 석탑 하나

풍상에 찌든 옥개석으로 겨우 탑 모양은 갖추었으나 그 흔한 조각하나 없이, 상륜부는 어디가고 백담사 개울 무명 돌 하나 그냥 덩그러니 얹어있다

백담百潭에 못다 이룬 사문沙門, 탑이 되어 비우고 있다

13월의 방

　그녀의 방에 들어갔다 그녀 뒤에 숨어 있던 외로움이 나를 반겼다 거실 소파에는 예절 바른 침묵이 앉아 있었고, 차림표 같이 잘 정리된 다기랑, 한숨이 만든 장식들이 여기저기서 신기한 듯 나를 쳐다보았다 벽면에 매달린 줄 넝쿨 하나가 힘에 겨운지 자꾸만 나에게 눈짓을 했다 거울 속에서 소설 같은 운명이 잠깐 비치다 금방 사라지고 하얀 체념이 보였다 무심코 식탁에 앉으려는데 늘 그녀 앞에 앉아 있었던 외로움이 옆자리로 옮겨 앉았다 방이 하나뿐이라는 그녀는 늘 외로움과 같이 살아야 했다 곁에서 푸들이 쉬지 않고 짖어도 어쩔 수 없다고 했다 불면이 아프다는 그녀의 눈가에 세월이 가다 잠깐 머뭇거렸고 그림자가 비쳤다 13월이었다

아내 말 주머니

아내가 말이 없는 날
우연히 아내의 말 주머니 속을 보았다

끝내 하지 못한 말
무심코 날카로운 말, 가시 있는 말
지금까지 살면서 차마
하지 못한 말들이 쌓여 있었다

신혼 초에 모아둔 울음이 섞인 말도
새벽 초승달같이 새파랗게 질린 말도
말 주머니 한쪽 구석에는
화가 잔뜩 묻은 말과
미안해서 눈물로 대신한 말이
너무 오래되어 곰팡이가 피어 있었다

자세히 보니
밑바닥 깊이, 고이 접어 숨겨둔

아린 자식의 말은
썩어 문드러져 있었고, 가만히
그 속을 들추니 밑에
사랑합니다 라는 말이
껌딱지같이 붙어 있다

말문이 막혀
나도 하지 못한 말 주머니를 열어 보았다
내 말 주머니는 텅 비어 있었다

목줄

병원복도 사람들 사이로, 한 간호사가
노 환자 침상 하나를 끌고
바쁘게 가는데
주르르 가족들이 따라갑니다

침상 걸이에는 무슨 약인지
링겔 네댓 개를 주렁주렁 매달고
그 뒤로 목줄 한, 강아지 따라가듯
작은 산소통도 따라갑니다

끌려가는 침상에 바짝 붙어서
따라가는 중년이 자식 같고
그 뒤를 따라가는 며느리와 손녀 둘
무슨 생각이 지나갔는지
모두 정신이 나간 사람 같습니다

목줄이 목숨 줄이 되어

혹시나 놓칠까봐, 산소통만큼이나
가족들도 따라 붙는데
긴 복도 저편이
멍- 하니 보고 섰습니다

왜가리

해거름 지는 수밭못둑 아래
왜가리 한 마리
모가지를 길게 빼고
물속을 뚫어져라 보고 있다
머리에 검은 댕기는 둘렀지만
피죽도 한 번 못 얻어먹었는지
꼬쟁이다
한 끼 저녁을 얻기 위해
저렇게 깊은 삼매에 빠져
어둠살이 내리고 바람이 불어도
꼼짝하지 않는다

목숨은 한 번쯤 휘청거릴 수도 없다

물속에 비치는
긴 부리 끝에 매달린
슬픈 눈동자가 흔들릴 때마다

개망초 곁에 달맞이가
노란 등을 달고 있다

풀 동네

민초들이 사는 풀 동네에 갔다 애물단지 바랭이와 안면 있는 그령이 마중을 나왔다 털여뀌 낭아초 방동사니 골풀 환삼덩굴 김의털 포아풀 많은 주민이 살고 있다 이름 모르는 이웃이 있어 휴대폰을 가까이 대어보니 부끄러운지 고개를 살래살래 흔든다 자세히 보니 무당벌레 응애벌레도 같이 살고 있다 타향이라 외롭다는 민들레를 쑥부쟁이가 어깨동무를 하고 입술이 빨간 개여뀌를 율초가 자꾸 끌어안는다 한들한들 콧노래를 부르고 있는 길섶 강아지풀에 강아지가 오줌을 찍 갈기고 키 큰 수크령이 히죽히죽 웃고 있다 지척지간 모여 살아도 다투는 소리 하나 없이 잘 살고 있다 모두 그냥 살다가 그냥 죽는다 저절로 왔다가 저절로 간다

먼산바라기

친구 49재에 갔는데
한평생 객지로 떠돌던
친구가

고향이 제일 낯설었다고
가난 때문에 버렸다던

고향 언덕에 누워
먼산바라기
하고 있다

평생 바쁘게 산다고
살아생전에 하지 못한
숙제를 하고 있다

아마도

　　산비탈 돌 틈 사이 민들레
　　티 없이 노란 얼굴이
　　아프리카 탄자니아 그 아이 같다

　　눈으로 말하고
　　사진 몇 장 찍고 돌아서는데
　　끝까지 보고 있다

　　아마도
　　그것이 이 세상
　　마지막인 줄 아는가 보다

절로 피는 꽃

석남사 숲에서 길을 묻는데
살짝 든 여승의
삿갓 속에 피는

가려서 보이지 않는
너무 맑아서 비치는
고와서 절로 피는 꽃

티벳 차마고도 옥련설산
산과 산, 눈 밖에 없는 순례 길에서
이방인을 만나 수줍어 피는

눈빛만 마주쳐도 부끄러운
그 아이 까만 얼굴에
착해서 절로 피는 꽃

......
내가 부끄러운 꽃

질경이

윤회병원 뒷마당
낙엽 사이로
나른한 햇살 쪼이고 있다

집과 자식을 잃어버리고
자신까지 잃어버리고
물음 앞에 한참 말없이 머물다
보고 싶어 오래 바라보면
왠지 낯설어 진다

잃어버린 세월이지만
가끔씩 자식이 눈물과 겹쳐
앙상하게 마른 질경이
멍울 맺히고

다 버린 줄 알았던 입칠
아직 턱밑에 모질고

다 잊은 줄 알았던 막내자식
아직 손끝에 시리다

겨울이 다가오고 있다
상처 난 잎새 말라가고 있다

능성동 우편함

능성동 고갯마루 작은 마을길 돌아가면
잡초 우거진 빈 집 지댓돌에 기대앉은 우편함
발자국 소리에 귀 기울이고 있다

누구를 기다리는지
이사를 가면서도 따라가지 못하고
날마다 대문간에 나와 쪼그리고 앉아 있다

오래전에 온 듯한 편지 두어 통이
함 속으로 들어가다 반쯤 걸친 채
비바람 맞으며 늙어가고

혹시나 누가 치워 버릴까봐
팔이 긴 넝쿨이 꼭 잡고 있는 낡은 우편함
풀이랑 벌레랑 같이 살고 있다

촌놈

촌놈 같은 자생 춘란 하나 구하려고 산 넘어 경주 양북 어일 장날 난전을 기웃거리는데 춘란은 코빼기도 안보이고 산나물 두릅, 고추 고구마 모종들뿐이다 오일장 약장수대신 모퉁이 가판대에는 흘러간 유행가만 흘러나오고 고상한 것이라고는 하나도 없다

어일 봉길 읍천 이름조차 촌스러운 깡촌이 어찌 고향 같아, 마을을 한 바퀴 돌아보는데 촌 똥개 두 마리가 나를 한번 슬쩍 쳐다보고는 촌놈 냄새가 나는지 촌놈 같아 보이는지 별 관심이 없다는 듯 고개를 돌린다 아, 이놈들 봐라 나도 40년이나 도시 물을 먹었는데 나를 촌놈 취급하네

아뿔싸, 내가 착각을 했구나 내가 본래 촌놈인 걸 깜박 잊었구나 촌놈같이, 순간 나만 만나면 촌놈 촌놈 하는 김선굉 형이 문득 생각났다, 촌놈

노치원

"잘 놀고 와"
아파트 정문 앞에
50대 막내딸이 80대 어머니와 아침 이별을 합니다
그 옛날
막내딸이 유치원갈 때 그 어머니가 하던 대로
노란 버스 타고 유치원 가던 막내딸처럼
어머니도 노치원에 갑니다.
공부하고 율동하고 점심 먹고 낮잠 자고
막내딸이 하였던 것과 똑같이 합니다

저녁이 되면
노란 버스 타고 다시 집으로 돌아옵니다
아침에 타고 갔던 그 자리로 돌아오면
50대 막내딸이 마중 나와
"오늘 잘 놀았어?" 라고 합니다
80대 어머니는 그 옛날 막내딸이 하던 대로
고개를 끄덕이며

돌아가는 노란 버스 꽁무니를 끝까지 쳐다봅니다

유치원 갔던 이쁜 딸이 이제야 돌아옵니다

훈장수여식

하느님께서 바쁜 일이 생겼는지 갑자기 훈장 수
여식을 한다
새벽부터 전화벨이 울리고 비상이 걸린다
하느님 수여식은 만사를 제치고 참석하거나 대
기하여야 한다
아들놈이 실시간 중계방송을 하면서
귀를 쫑긋 세우라고 은근히 눈치까지 준다
드디어 월드컵 첫 골이 터질 때처럼 빅뉴스가 날
아오고
즉시 휴대폰으로 축하 메시지를 날린다

출동하라는 암시에 때 빼고 광내고 간 첫인사
순간을 놓치지 않으려 카메라맨들이 설치듯
아들놈은 받은 훈장을 자랑하느라 야단이다
무슨 큰일이나 한 것처럼 유세를 떤다
그 놈이 눈이라도 한번 뜨면 탄복을 한다
지도 다 그렇게 태어난 줄 모르고

지 아들만 특별한 줄 안다
내 아들도 특별했는데

자슥, 나도 훈장을 두개나 받았는데

히스테리시스 1

천년이나 죽은 반월성에 금을 긋고
왕도 없는 왕궁을 수술대에 올려
호미와 붓으로 깨우고 있다

숨소리가 들리는지
기척이라도 나는지
티끌 하나까지 살피고 깨운다

천 년 전 잃어버린 토우 한 조각이라도
혹시나 깨어날까
혹시나 죽을까

이력 없는 슬픈 흑백이 산더미고
말없는 손과 발의 흔적이 산더미다
나는

해를 중천에 매달고

부답에 버려지는
차마 안타까운 물음

히스테리시스 2

　출근길 상인 고가교를 지나가는데 다리 가장자리에 나지막한 버들 하나가 죽지 못해 살아가고 있다 본래 조상은 물을 좋아하여 개울이나 호숫가에 터를 잡아 넉넉하게 살았고, 봄꽃들이 서로 얼굴 치장할 때도 그저 물 세수만 하고 가녀린 몸매 하나로 사랑을 받았다

　종일 차가 싱싱 달리는 고가교 가장자리에 살림을 꾸렸으니 그런 여유가 없다 며칠째 끼니도 걸렸는지 차가 지날 때마다 휘청휘청 거린다 집에 무슨 우환이라도 있는지 얼굴색도 어둡다 누구나 좋은 곳에 태어나서 잘 살고 싶지만 태어나고 보니 힘든 자리에 팍팍한 세상살이를 해야 하는 것, 탓 할 수만 없다

　어쩌다 여기서 이렇게 살게 되었을까 나도 마찬가지다 봄이 다 가는데도 꽃도 피우지 못하고 이울고 있다

히스테리시스 3

뿌연 증기 사이로 둥둥 떠 있다 평소 생긴 것도 사유도 달라 감추고 포장을 하지만 최소한 구분이 필요한 것만 물 위에 띄운다 포장되지 않는 그 모습이 문패 없는 집 같지만 한 꺼풀 벗기고 나면 다시 문패를 달 것이다

모두가 열심히 벗기고 있다 진짜 찌꺼기는 숨긴 채, 벗겨도 벗겨도 허물은 허물이 아니라고 허물을 입고 벗길 것이 별로 없는 꼬맹이 둘은 물놀이를 하고 있다

세상 물끄러미, 흘러가는 것 사라지는 것들에 남는 것이 허울 그림자다

히스테리시스 4

아파트 계단을 터벅터벅 오르는데
계단 한쪽 모퉁이에
집에 두지도 버리지도 못한
꾸러미가 나를 쳐다본다

한때는 가족처럼 같이 살다가
주인에게 쫓겨 나와
계단 모퉁이에서 적적하게
추운 날밤을 세고 있다

이제 닳고 낡아서
자식 같은 저녁이 찾아와도
요양병원 할머니처럼
다가오는 발소리만 듣고 있다

달빛마저 시린 캄캄한 밤
세월이 버린 묵은 때에

먼지만 소복하게 덮어쓰고
뒤통수에다
무어라, 무어라고 말하고 있다

히스테리시스 5

그는 차돌이다
일할 때도 차돌같이 한다
일을 시키면서 일하는 사람보다 더 열심히 한다
못 먹고 없이 자라 작지만, 작은 고추가 맵다
그런 차돌이 바람이 들었다 대장암 재발에 임파
선 까지
'차돌에 바람 들면 석돌보다 못하다' 는 속담도
무색하다
자연인도 마다하고 바람이 들어도 차돌이고 싶은
바람 든 차돌이다

그러던 그가 어느 날
부모님도 가시고 처자식도 마음에서 멀다 한다
한번 뒤돌아보니 등 뒤에는 아무도 없다 한다
몰골이 막막해서 가슴이 저리고
누가 등이라도 두드리면 더 서럽다 한다
가끔, 물에라도 한번 그 속을

비추고 싶다고 한다

아 그렇구나
그도 차돌이 아니었구나
차돌이고 싶었을 뿐이었구나

히스테리시스 6

저 나무 저 자리서 저렇게 평생을 살겠구나

사람도 깃발 하나에 평생을 살아가지만
한순간 팔자를 던지며
너의, 뿌리를 본적 있다

칼바람에 깃발처럼
무언가를 찾아 헤매던 내 젊은 날처럼
목말라 발버둥친 검은 상처가 있고
땅위의 가지만큼 땅속에서도
악착같이 산 흔적이 실핏줄같이 뻗어 있다

얼마나 처절했는가는 뿌리를 보면 안다

그러나 불수의근不隨意筋
그 바람이 너의 뿌리인 것을

히스테리시스 7

바다 하나 오고 있다
너울춤을 추며 오고 있다
잘랑잘랑 바람을 앞세우고
지워졌다 지워졌다 안개처럼 스며들다
바다 하나 가고 있다
달빛 젖은 빈 바다 하나가
취해서 가고 있다

한차례 고요가 지나고
섧고도 화려한 소리가 춤을 춘다
무아지경, 저 사물四物
바람의 노래인가 춤의 소리인가
애잔한 창파 허공에 피고지고
칼 같이 차갑다가
애타게 뜨거운 저 소리는
들숨과 날숨 사이 소리의 꽃이다

히스테리시스 8

낮술에 취한 빨간 배롱나무를
하나님같이 부처님같이
한참 내려다본다
신神이나 된 듯이

꽃자리에는 벌들이 왔다갔다 제집같이 드나들
고 가지에는 개미들이 무슨 일로 바쁘게 돌아다닌
다 어떤 개미는 나무 꼭대기까지 올라가고 어떤 개
미는 꽃 속에서 나오지 않는다 금방 잎사귀 끝에서
천 길 낭떠러지로 떨어질 것 같다가도 다시 가지를
타고 아슬아슬하게 올라간다 높이 올라봐야 결국
은 내려와야 할 텐데 어느 길이 사는 길인지 죽는
길인지도 모르고 꽃을 찾는지 꿈을 찾는지

별 일도 없이 하루를 헤매는 것이
어찌 닮아서 세월이 아프다

히스테리시스 9

　많은 사람이 오가는 역구내 서점에서 그를 찾았다
　그가 보이지 않았다
　혹시나 싶어 구석구석을 돌아다니며 찾았다
　진열장 머리에 문패를 달고 있는 추리소설 에세
이 한국사 세계사 수험서 자격증 요리 토익 교양
인문과학 자연과학 경영 인테리어 자기개발 어린
이도서 등이 나를 쳐다보았다
　내가 찾던 그는 문패도 없이 인문과학 집에 겨우
셋방살이 하고 있었다

　세상 그 무엇보다도 가장 귀한 거라 생각하고
　밤낮없이 매달렸던 그가 개뿔도 아니다
　제집에서조차 이럴 줄이야
　시인 둘만 모이면 보석인 줄 말하는데
　아무것도 아니구나, 세상에서는
　그냥 뜬구름이구나,　밤하늘에 떠있는 별이구나
　고봉으로 퍼 담아도 먹을 수 없는
　아 밥이 아니구나

히스테리시스 10

  그랬다 흔들리면 모두가 바람인 줄 알았고 바람이기에 흔들리는 줄 알았다 아니 알고 말았다 봄이 오면 매화 우듬지보다 먼저 바람이 불었고 철이 지날 때마다 몹시도 흔들렸다 그냥 지나 갈 줄, 가는 줄만 알았던 바람도 사정없이 흔들었다 신들린 대나무가 흔들리듯 그 대나무의 바람이 흔들리듯

  그렇다 내가 내가 아닐 때, 눈먼 진실에 송두리째 흔들릴 때 알았다 흔들린다고 다 바람이 아니라는 걸 흔들리는 것이 바람이 아니라 흔드는 것이 바람인 것을 물속이 흔들린다고 바람이 아니듯 한 발 앞을 더듬어야 하는 더듬이의 흔들림도 바람이 아니다 눈에 흔들린다고 바람이 아니다 내가 바람이다 아니다

나의 히스테리시스

히스테리시스hysteresis는 어떤 물리량이 현재의 물리 조건만으로는 결정되지 않고, 그 이전에 그 물질이 경과해 온 상태의 변화 과정에 의존하는 현상 즉 이력현상履歷現象을 말한다.

물질의 물리적 이력현상을 말하지만, 나는 사람도 예외가 아니라는 인식으로 사람이야말로 이력현상의 근본이 아닐까 생각한다. 사람 사는 것도 거시적으로 보면 외적으로는 날로 발전하는 것 같아 보이지만 내적으로는 점점 황폐하게 변하고 지나간 자리에는 희로애락의 무수한 흔적을 남긴다. 그 흔적에는 그 흔적의 원인이 있듯이 살아온 이력에 따라 그 모습이 생겨나고 그 모습에 따른 결과가 나타난다. 즉 어떻게 살아왔느냐에 따라 현재

나타난 결과적 현상이 바로 히스테리시스가 아닐까 생각한다.

히스테리시스를 말하다 보면 인과관계(因果關係)를 말하지 않을 수 없다.

한 사물 현상은 다른 사물 현상의 원인이 되고, 그 다른 사물 현상은 먼저 사물 현상의 결과가 되는 관계를 말한다. 따라서 어떤 결과를 유발하는 어떤 행위 사이에 불가분의 관계를 인과관계라고 한다. 따라서 인과관계 역시 히스테리시스라고 할 수 있다.

불교 아함경에 나오는 부처님과 아난다 존자 이야기다.

어느 날 부처님이 제자 아난다와 함께 길을 가고 있었다. 부처님은 길가에 떨어진 지푸라기를 보고 아난다에게 냄새를 맡아 보라고 했다.

"어떤 냄새가 나느냐."

"생선 냄새가 납니다."

"왜 생선 냄새가 나는 것인가."

"아마 생선을 싼 지푸라기인 모양입니다."

부처님이 고개를 끄덕였다. 다시 길을 가다가 땅

에 떨어진 종이를 발견했다. 부처님은 이번에도 아난다에게 물었다.

"어떤 냄새가 나느냐."

"향 냄새가 납니다. 아마 향을 쌌던 종이 같습니다."

아난다가 이렇게 말을 하자 부처님이 말씀하셨다.

"이 세상의 모든 이치가 이와 같다. 생선을 싸면 생선 냄새가 나고 향을 싸면 향 냄새가 난다. 원인이 있으면 그 결과가 있는 것이다. 크든 작든, 모든 것은 인과관계가 있다. 알겠느냐."

아난다는 비로소 고개를 끄덕였다.

***

그렇다면 나는 왜 시를 쓰고 있을까? 나는 왜 이렇게 살고 있을까 누구나 한번쯤 인생을 살아가면서 자신에게 던져보는 말이기도 하다.

지금의 나는 부모미생전父母未生前에 무엇이었을까 또한 나의 본래면목本來面目은 무엇이었을까.

부모미생전 본래면목父母未生前本來面目이란 '부모

님으로부터 태어나기 전에 내가 지니고 있는 참본성'이란 뜻이다. 본래면목은 모든 인간이 공통으로 지니고 있는 순수한 마음으로 즉, 부모님 몸에 들기 전 참나를 말한다.

부모미생전에 나는 무엇이었을까 그 전생의 히스테리시스가 나를 자꾸 불러내어 나를 데리고 산다. 학창시절에는 백일장에, 30대에는 『시와반시』 문예대학 1기생으로, 예순을 넘어서는 대학원 문창과 석사 공부까지 하게 하였다.

사실, 나는 기업을 하고 있다. 일찍부터 가세를 일으켜 세우려고 나이 서른에 사업가 길로 뛰어들었다. 그러나 사업가로 살면서도 책은 늘 내 가까이 있었고 내 곁을 떠나지 않았다. 시란 놈도 그림자같이 내 곁에서 나를 따라 다녔다. 그렇게 나의 히스테리시스 여명이 시작 되었다. 그렇게 시작된 나의 히스테리시스는 지금까지도 나를 놓지 않고 끌고 가고 있다.

『물의 무늬가 바람이다』 라는 첫 시집을 2013년에 발간했다. 나는 첫 시집에서 나의 아픈 기억들을 다 바람이라고 말하고 싶었다.

흐르고
머무르는 것이
바람의 무늬다

오늘도
젖은 물에는
바람이 머물고 흐르듯이
생겼다 지워졌다 한다
그 많은 무늬들이

외로운 생애가
울다가 웃다가 밉다가 곱다가
돛단배로 흔들리듯
사람이 살아가는 것도
다 바람에 흔들리는 무늬다

– 「물의 무늬가 바람이다」 전문

물의 무늬는 사람이 살아가면서 겪게 되는 희로
애락을 인생 고행으로 사유하고 표현한 물의 형태
를 말하고 있다. 그러나 그것은 바람이 만들어 내
는 무늬에 불과하다고, 아무것도 아닌 바람일 뿐이

라고 말하고 싶었다.

　나는 아픈 기억이 많다 남 다른 어린 시절을 보내고 힘들었던 학창시절을 겪으면서 스스로 입지를 정하기 전까지 나에게는 지금도 아물지 않는 상처가 남아 있다. 다 말하고 위로라도 받고 싶지만 말하고 나면 더 아플 것 같아 다 말할 수가 없다. 상처도 세월이 지나면 아물어서 추억담이 되기도 하지만 아물지 않는 트라우마가 흉터로 남기도 한다.

　그렇다, 지금의 내가 이렇게 시를 쓰고 있는 것도 그 어떤 누가 나에게 시키지도, 또 그 어떤 자극을 주지도 받지도 않았지만 살아가다 보니 스스로 생긴 현상이 되었다. 그래서 나는 나에게 전생이 있었던 것 같은 생각이 들 때가 많이 있다. 전생이 없었다면 어째서 살면서 가까이 접하지도 않았던 글쓰기를 하고 있을까? 생각에 꼬리를 물어보지만 그 답을 찾지 못하고 나는 이렇게 생각하고 만다. 아 나는 어쩔 수 없는 히스테리시스 여명의 피가 내 속에 흐르고 있어서 그런 것일 거라고.

　책 읽고 시 쓰기가 긴 시간 책상에 앉아서 하는 정적인 작업이라 나이 들수록 힘이 든다. 나이를 먹을수록 동적인 활동이 좋다고 하여 가끔씩 나의 이력에 불만을 가질 때가 있지만 나의 히스테리시스는 종교보다 더 강하게 나를 밀어 붙이고 있다.

인생 이모작이라고 요즘 들어 인생에 대한 생각이 자꾸 많아진다. 지금까지 악착같이 살아온 삶도 다 내 것이 아니라고 하고 세상에 내 것이 어디 있느냐고 한다. 이제는 나도 나의 깊은 밑바닥이 내 자신을 조금씩 깨우고 있다는 것을 느끼고 있다.

앞으로 가는 것만이 가는 것이 아니라는 것도 알 것 같다. 잘 난 것만 내 인생이 아니라 못난 것도 내 인생이고 눈 뜨고 있을 때는 나만 있으면 되는 줄 알았는데 눈 감아 보니 나만 없어도 된다는 걸 알아 가면서 나도 그냥 한 포기 들풀이 아닐까 라는 생각이 든다. 길가에 이름 없는 한 포기 들풀 말이다. 한 평생 땅에 발 묻고 하늘 보며 비 오면 비 맞고 눈 오면 눈 맞고 바람에 흔들리다 세월에 시들고 마는 알고 보면 나도 그냥 풀이다. 라는 생각이 가슴에 저민다.

오늘은 멀리 있는 친구로부터 오랜만에 전화가

왔다.

잘 지내느냐고, 뭐하고 사느냐고 묻기에 그냥 그렇게 산다고 했지만, 가만히 생각해 보니 어떻게 살아야 하는가 싶어, 아니 다들 어떻게 사는가 싶어 길에서 들풀에게 물어보았다. 너는 뭐하며 사느냐고? 그냥 아침에 일어나 물 좀 먹고 바람 좀 쐬고 그냥 이웃들이랑 산다고, 별거 있느냐고 무엇이 더 필요하냐고, 나무도 그렇게 살고 모두 그렇게 산다고 한다. 곁에 있는 산도 강도 다 그렇게 산다고 한다. 사는 게 별거 아닌 줄 아직도 모르냐고 한다.

점점 살아갈수록 나도 들풀같이 살고 싶다는 마음이 자주 가슴에 남는다. 그리고 가끔씩 나는 나에게, 내가 나인가 싶다. 이 또한 나의 히스테리시스가 아닐까, 히스테리시스 노을이 아닐까.

해설

질문의 시, 시의 질문

문무학 | 문학평론가

『히스테리시스 hysteresis』, 잘 알고 있었던 단어가 아니라 얼마간 생소하기도 하고, 조금 어렵게도 느껴진다. 물리학 용어지만 물리학뿐만 아니라 여러 분야에 쓰인다. 간호학, 모발학, 도금 기술, 전자, 화학, 경제 용어로도 쓰인다. 이렇게 넓게 쓰이는 이 말은 알고 보면 그리 낯설 것도 없고 또 어려운 것도 아니다. 우리말로 번역하면 '이력현상履歷現象'이 되고, 더 쉽게 번역하면 '겪음현상'으로 풀 수 있다. '겪음'을 한자로 번역하면 '경험經驗'이 되는 데 이쯤 오면 이 말이 어느 정도 (인)문학적 속성을 갖고 있는 것이라는 느낌을 갖게 된다. 박태진 시인이 이 낱말로 시를 쓰고 시집 제목으로 삼아 문학판에 끌려 들어왔다.

이 낱말은 족보가 분명하다. 결핍deficiency, 뒤처

짐lagging behind이라는 의미를 갖는 고대 그리스어에서 유래했다. 제임스 알프레드 유잉 경이 자성 물질의 성질을 기술하기 위하여 1890년 무렵에 이 용어를 처음 만들어 사용했다. 이 낱말의 어원이 무엇보다도 '결핍'이나 '뒤처짐'이란 의미를 담고 있어 '시'와 아주 가까운 동네에 살 것 같은 느낌이 온다. 우리 삶이 그렇지 않은가? 나는 늘 모자라는 것 같고, 나만 자꾸 뒤로 처지는 것 같은 느낌, 누구나 그런 걸 경험하지 않는가?

『히스테리시스』에 실리는 박태진 시인의 시를 나는 '질문의 시, 시의 질문'으로 읽었다. 시인은 『히스테리시스』를 통해 '나는 누구이며, 삶은 무엇인가?'라는 질문을 하고 있으며, 질문은 시라는 형식에 담겨있다. 그렇다면 질문의 양식으로 시의 형식이 적절한가 하는 의문을 떠올릴 수 있는데 필자는 시가 질문의 양식으로 적합하다고 판단한다. 시는 애시당초 답변의 양식은 아니었고 질문의 양식임이 틀림없다. T.S Eliot이 일찍 명쾌한 해석을 내려 두었다. "시란 '무엇은 사실이다.' 하고 단언하는 것이 아니라 그러한 사실을 우리로 하여금 좀더 리얼하게 느끼도록 해주는 것이다."라고,

질문은 시로 하고 대답은 느낌으로 한다. 이것이 이 시집의 언표言表방식이다. '나는 누구인가?'라는 질문은 시행에 직접 드러난 것으로도, "꿈속에 기적과 마법이 있고/ 손톱이 자라고 주름이 늘고/ 다 보지 못하고 다 듣지 못하고/ 생각 없이 마음이 시리고/ 마음 없이 생각이 사라지고/ 흰머리는 나고 죽고/ 도대체 나는"(「흰머리는 나고 죽고」)이라고 묻고 있고, "이력 없는 슬픈 흑백에 산더미고/ 말없는 손과 발의 흔적이 산더미다/ 나는// 해를 중천에 매달고/ 부담에 버려지는 차마 안타까운 물음"(「히스테리시스 1」) 들이 있다.

　'겪음'을 통해 강하게 제기하는 이런 의문은 어쩌면 답이 없을 질문인지 모른다. 그러나 시인은 이 질문을 끝없이 해야 한다. 답 없을 질문을 찾아가고 가는 어리석음을 반복하는 것이 시인다운 시인이 되는 길이다. 따라서 시인은 답을 하는 사람이 아니다. 그냥 모든 것에 대해서 끊임없이 묻고 물을 자유만 갖고 있다. 그냥 묻기만 하면 되는 것이다. 그렇게 해서 "세상 그 무엇보다도 가장 귀한 거라고 생각하고/ 밤낮없이 매달렸던 그가 개뿔도 아니다. (「히스테리스 9」)라는 한탄은 시에 대한 사랑의 역설이다.

시인 박태진 그는 그가 던진 '나는 무엇인가?' 에 대한 답을 찾았을까? 그는 대답하지 않았다. 어렴풋이 느끼게 하는 정도에서 멈추고 있다. 「촌놈」, 「달동네 펭귄」, 「백담사 삼층 석탑」, 「히스테리시스」 연작 등을 통해 대답을 하려다 참아내고 있다. 잘한 일이다. 만약 이 시집에서 그가 아주 분명하게 답을 해버렸다면 그는 시인의 자격을 상실했을 것이다. 그런데 박태진 시인은 다행스럽게도 아슬아슬 떨어지지 않고 시의 길에 돌올(突兀)하게 버텨섰다. 그 대답이 분명하지 않아서 아름답다. 시는 답하는 것이 아니니까. '나는 무엇인가?' 라는 자문의 답 근처에 있는 아름다운 그의 생각을 보자. 「히스테리시스 10」 전문이다.

그랬다 흔들리면 모두가 바람인 줄 알았고 바람이기에 흔들리는 줄 알았다 아니 알고 말았다 봄이 오면 매화 우듬지보다 먼저 바람이 불었고 철이 지날 때마다 몹시도 흔들렸다 그냥 지나 갈 줄, 가는 줄만 알았던 바람도 사정없이 흔들었다 신들린 대나무가 흔들리듯 그 대나무의 바람이 흔들리듯 그렇다 내가 내가 아닐 때, 눈먼 진실에 송두리째 흔들릴 때 알았다 흔들린다고 다 바람이 아니라는 걸 흔들리는 것이 바람이 아니라 흔드는 것이 바람인 것을 물속이 흔들린다고 바람이 아니듯 한발 앞을 더듬어야 하는 더듬이의 흔들림도 바람이 아니다 눈에 흔들린다고 바람이 아니다 내가 바람이다 아니다

그렇다. 나는 무엇인가? 라는 질문에 대한 최상의 답은 '부답不答'이거나 이도 저도 아니게 얼버무리는 것이다. 시인의 화법은 그래야 한다. 생각하게 해 주는 것, 그것이 시인이 할 일이며, 그것이 또한 시를 읽는 독자에 예의를 갖추는 것이다. 그것을 독자의 몫이라고도 한다. 저 혼자 묻고 저 혼자 답하는 시를 따라갈 독자는 없다. 분명한 답이 있는 세상과 질문은 시의 세계에 존재하지 않는다. 박태진 시인이 그것을 꿰뚫어 알아차렸다.

W.스티븐슨이 "삶에 관해서 생각하는 것을 제외하면 삶에는 아무것도 있지 않다."고 했다. 그 말은 틀리지 않는다. 대를 이어서 세기를 건너서 이어지고 이어질 질문이다. 그 질문의 대열에 끼어드는 것이 시인의 할 일 중 하나이기도 하다. 시인 박태진이 그 물살을 잘 타고 있다. 휩쓸리지 않으며 거

스르지 않으며 제 생각들을 이어가고 있는 것이다. 질문이 없는 세상은 생각이 없는 세상이고, 생각이 없는 세상은 인간의 존재, 또는 시가 부정되는 곳이다.

시인이 시에 담은 또 하나의 질문, 삶은 무엇인가? 이 질문에 대해서도 대답하지 않고 겪게 만든다. 삶은 무엇인가? 생로병사生老病死의 과정을 겪는 것이다. 어떻게 살아야 잘 사는 삶이라는 명확한 답이 있다면 그렇게 살면 되는 것이지만 그런 답이 없어서 철학이라는 학문이 존재한다. F. W. 니체는 "산다는 것은 무엇인가? ―산다는 것은― 죽어가는 것 같은 것을, 끊임없이 자기로부터 떼어내는 일이다."라고 설파한다. 죽어가는 것 같은 느낌은 아픔이고 설움이다. 따라서 시인이 시를 쓰는 것은 아픔과 설움을 뿌리치는 기제mechanism가 된다.

그리하여 시인은 겪는다. '아내 말 주머니'를 뒤져보기도 하고, '노치원' 오고 가는 풍경에 시선을 빼앗기기도 하고, 차돌 같은 사람의 생을 보고, '고향이 제일 낯설었다고' 하는 친구를 보기도 하고,

'훈장 수여식'이라는 기쁨을 겪기도 한다. 이 시집의 시 전체가 히스테리시스다. 겪어온 것들이다. 그러나 그것이 무슨 의미가 있는지가 자꾸 궁금하다. '풀 동네'에서 "모두 그냥 살다가 그냥 죽는다 저절로 왔다가 저절로 간다"고 느끼게 하며, 「히스테리시스 3」에서는 "세상 물끄러미, 흘러가는 것 사라지는 것들에 남는 것이 허울 그림자"라고 한다.

시인이 던진 삶은 무엇인가? 라는 질문 속에는 나는 무엇이며, 또 시는 무엇인가? 라는 질문도 포함되어 있다. 삶을 고민하고, 나를 고민하고 시를 고민한 흔적은 「히스테리시스 6」에 비교적 잘 드러난다. 그 고민의 흔적은 겪음이라는 과정을 통해서 나온 것이다. 겪지 않은 것은 느낌이 될 수도 없으며, 그 느낌을 전해 줄 수도 없다. 겪음은 느낌을 우려내는 마중물이다.

저 나무 저 자리서 저렇게 평생을 살겠구나

사람도 깃발 하나에 평생을 살아가지만
한순간 팔자를 던지며
너의, 뿌리를 본 적 있다

칼바람에 깃발처럼

무언가를 찾아 헤매던 내 젊은 날처럼

목말라 발버둥친 검은 상처가 있고

땅위의 가지만큼 땅속에서도

악착같이 산 흔적이 실핏줄같이 뻗어 있다

얼마나 처절했는가는 뿌리를 보면 안다

그러나 불수의근 不隨意筋

그 바람이 너의 뿌리인 것을

　불수의근, 의지와 관계없이 자율적으로 움직이는 근육, 그랬다 삶은 그런 것이었다. 히스테리시스가 쌓이고 쌓이는 것일 뿐이다. 삶은 뜻대로 되는 것이 아니라는 생각은 시인 박태진의 고민을 실은 배가 잠시 머문 항구다. 그는 그 항구에 오래 머무르지 않고 또 어딘가로 떠나게 될 것이지만 그가 싣고 온 가장 큰 보따리는 '나' 고 '삶' 이었다. 아름다운 삶은 질문이 만든다. 질문은 시를 만들고 시는 아름다운 삶의 꼬리를 문다. 순자荀子는 질문과 관련하여 "묻는 것을 즐겨하면 너그럽다."고 했다. 질문하며 사는 삶 보다 더 아름다운 삶은 없을 것이다. 박태진 시인은 질문이 많다. 그래서 박태진은 아름다운 시인이다.

시인이여! 세상이란 망망대해에 더 아픈 질문의 배를 띄워라. 그대 질문이 시로 익으면, 시를 생각한 그대의 삶이 보석같이 빛날 것이다. 그때는 개뿔도 아니라고 했던 것이 개뿔이 되어 있을지도 모른다.

2020년 9월 30일 초판 1쇄

지은이 | 박태진
펴낸이 | 강현국
펴낸곳 | 도서출판 시와반시

등록 | 2011년 10월 21일 (제25100-2011-000034호)
주소 | 대구광역시 수성구 지산로 14길 83, 101-2408호
대표전화 | 053)654-0027
팩스 | 053)622-0377
E-mail | khguk92@hanmail.net

ISBN 978-89-8345-097-5 03800

이 도서의 국립중앙도서관 출판예정도서목록(CIP)은 서지정보유통지원시스템
홈페이지(http://seoji.nl.go.kr)와 국가자료종합목록 구축시스템(http://kolis-
net.nl.go.kr)에서 이용하실 수 있습니다. (CIP제어번호 : CIP2020037983)